CATHÉLUÏNA,

OU

LES AMIS RIVAUX.

CATHÉLUÏNA,

OU

LES AMIS RIVAUX,

POËME IMITÉ D'OSSIAN;

Et mis en vers français, d'après la traduction
en prose de LETOURNEUR.

PAR LE GÉNÉRAL D****

Di Riverenza pieno, e di pietate
Visito le Sepolte ossa onorate.
Tass. Gerusalem Liberat. cant. duodecim.

PARIS,

DENTU, Imprimeur-Libraire, Palais du Tribunat,
galeries de bois, n°. 240.

AN IX. — 1801.

AVERTISSEMENT.

LE Poëme suivant, destiné depuis plus de six mois à voir le jour, allait enfin sortir de mon porte-feuille, quand j'appris que le citoyen Baour-Lormian s'exerçait à des imitations du même genre. La crainte de me rencontrer avec lui, et le danger où m'exposait une pareille concurrence, me déterminèrent sans peine à en différer l'impression, et à attendre, pour la risquer, que j'eusse pris connaissance de son travail. Il a paru, il a obtenu l'accueil distingué qu'il méritait; mais Cathéluïna n'étant point au nombre des sujets que le poëte a choisis, et sa manière différant d'ailleurs, à beaucoup d'égards, de la mienne, je n'hésite plus à publier mon Essai tel qu'il était à son origine, et je me contente d'y ajouter cet avertissement, pour toute personne qui, sur la seule inspection du titre, et sans pousser plus loin l'examen, pourrait me soupçonner de plagiat.

PRÉFACE.

J'avais lu les poésies d'Ossian, dans ma première jeunesse, avec plus d'avidité que d'attention, et j'en avais conservé à peine quelque souvenir, parmi les occupations sérieuses et tumultuaires d'un âge plus avancé. Rendu à moi-même et à mes livres, les œuvres posthumes de Letourneur me tombent sous la main; j'y lis une traduction du poëme de Cathéluïna, le fruit de son dernier travail sur l'Homère Ecossais. Le sublime et le pathétique du sujet, la nouveauté des situations, le caractère singulier des personnages, l'élévation des idées, la beauté des images, le but moral du poëte, tout m'attire, me saisit et m'attache; mon imagination s'exalte par degrés. Voici de la prose et de la bonne prose, me dis-je; mais n'en déplaise à l'habile traducteur de tant de chefs-d'œuvre, c'est en vers qu'il eût fallu rendre ce qui a été composé originairement en vers, ce qui fut fait en grande partie pour être chanté, ce qui l'est encore. Et comment, sans employer tous les artifices du rithme, parvenir seulement à imiter, dans sa marche, un poëme qui participe tour-à-tour de l'épopée et du drame, de l'élégie et de l'ode? Ce n'est point là une question. Essayons : *Anch'io son' pittor.* Ajoutons à la traduction de Letourneur, la mesure et la rime qui lui manquent si essentiellement ; ployons l'une et l'autre à cette variété de genres, de tons et de mouvemens ; que le vers alexandrin, par exemple, soit pour l'épique ; le vers dissyllabe, pour l'élégiaque ; ceux de huit et de sept, pour l'hymne ou la chanson ! J'essaye en effet ; mais je ne tarde point à m'apercevoir que je me suis engagé dans un travail au-dessus de mes forces, et je demeure convaincu que

cette prose, qui m'a paru d'abord si incon-
venante, vaut encore mieux que tous mes
vers. Cependant, graces aux encouragemens
secrets de mon amour-propre, et aux chan-
gemens que je me permets pour la commo-
dité de la rime, je poursuis, et mon but est
atteint. A qui présenterai-je cet Essai? nou-
vel embarras. Sera-ce à quelque cercle bien
poli, bien indulgent, et dont les suffrages
trompeurs appartiennent toujours à qui les
sollicite? mais ce ne sont point là des vers
de société. Sera-ce au public? pourquoi pas.
N'est-ce pas lui qui juge, en dernier ressort,
du mérite d'un ouvrage? Et ces premières
instances que l'on obtient à si bon marché,
forment-elles seulement un préjugé en notre
faveur, devant son tribunal? Au public?
soit. Je soumets mes vers à son examen;
j'appelle sur eux toute sa critique; et qu'on
ne croie pas que cette soumission ne soit
qu'apparente, que ce langage soit au fond

celui de l'amour-propre satisfait; le seul desir de m'instruire et d'apprendre à me connaître, me l'a dicté. La sévérité nous éclaire et nous corrige; elle avertit un auteur de ne point prendre sa facilité pour de la verve, son penchant à rimer pour du génie; c'est elle qui lui dit: *Soyez plutôt maçon, si c'est votre talent.*

Et ses leçons ne sont perdues ni pour lui, ni pour l'art.

L'indulgence, au contraire, toujours flatteuse et souvent mensongère, lui ferme les yeux sur ses défauts; elle l'enivre dès l'entrée de la carrière, en lui faisant boire à longs traits le poison de la louange; et son effet le moins funeste, est de l'éloigner de la perfection, où un travail assidu l'eût porté, en lui inspirant une aveugle confiance en ses forces.

Sans la rigueur de Boileau, Racine qui apprit de lui à faire difficilement les vers, ne serait point devenu, peut-être, le plus élégant et le plus harmonieux de nos poëtes. Sans les éloges honteux prodigués à Pradon, par la société pédantesque de l'hôtel de Rambouillet, celui-ci eût fait de meilleures tragédies ou n'en eût point fait du tout ; ce qui eût encore mieux valu pour l'honneur de la scène française et pour le sien propre.

Je suppose que l'on exerce envers moi cette sévérité à laquelle j'attache une si grande importance ; au pis aller, quels en seront les résultats ? L'on me démontrera que j'ai péché ici contre la langue ; là, contre les règles de la versification ; que telle expression est impropre, telle construction vicieuse, que sais-je ; que je n'entends rien au métier de la poésie, que je ferai bien et très-bien d'y renoncer. Avis charitable, et que je mettrai à profit sans murmurer ! Quoi ! vous bannirez d'auprès de vous ces Muses qui nourrissent la jeunesse, et qui font encore les délices de notre arrière-saison ; ces Muses à qui vous aviez promis de consacrer les loisirs de votre retraite ? J'ai prévu cette objection de la part de mes amis ; voici ma réponse. Je ne les bannirai point ; mais je n'irai plus m'exposer avec elles aux regards pénétrans du public ; je ferai encore des vers pour mon plaisir ;

Mais je me garderai de les montrer aux gens.

Et tout esprit sensé approuvera sans doute ma résolution.

ARGUMENT.

Ossian, fils du noble Fingal, roi de Morven, a vu périr son père, ses amis, ses compagnons d'armes, dans le cours des longues guerres qu'ils ont eues à soutenir. Echappé presque seul de tant de désastres, devenu vieux, et, pour comble de maux, frappé de cécité, l'unique consolation de l'infortuné barde, le plus digne emploi de ses jours, est de visiter les tombeaux de ces illustres morts, de s'y retracer leurs exploits, auxquels il a eu une part si active durant sa jeunesse, d'en entretenir son guide, de les chanter aux accompagnemens de sa harpe, et de s'acquitter ainsi envers leurs ombres.

L'une de ces promenades religieuses lui fournit le sujet du poëme suivant. Le poëte commence par décrire le lieu de la scène. Ce sont les bords d'un ruisseau où sont inhumés deux de ses amis les plus chers ; après s'être abandonné aux diverses inspirations de sa tristesse, à l'aspect, ou plutôt au toucher de leurs monumens, qui lui rappellent toute l'étendue de ses pertes, il entre en matière.

Gaul et Garno, deux frères d'armes, sont venus au secours de Moran, roi de Luïna, et conçoivent tous deux une égale passion pour Annis, sa fille. Celle-ci donne, en secret, la préférence à Gaul, et se résout à se délivrer de Garno par un stratagême. Déguisée, elle lui porte un défi de la part de Duaran, guerrier redoutable qu'elle suppose être son rival, et dont elle exagère la valeur, croyant ainsi le déterminer à la fuite. Mais son espoir est trompé; Garno accepte le défi, et cependant Annis persiste à se défaire de lui, à quelque prix que ce soit. Nouvelle feinte de sa part. Elle va rendre le même message à Gaul, dans la confiance que la supériorité de ses forces lui donnera la victoire. Les deux amis, trompés par elle, se rencontrent dans la nuit, se combattent, et tombent de leurs blessures mutuelles. Annis arrive au champ de leur duel, les trouve expirans, et succombe elle-même à la violence de ses remords et de sa douleur.

Cette catastrophe, tantôt en récit et tantôt en action, est suivie d'un hymne à l'honneur des morts, de la composition des bardes, qui ont rendu les derniers devoirs à ces malheureux amans; et c'est par ce chant funèbre qu'Ossian termine son poëme.

CATHÉLUÏNA,

O U

LES AMIS RIVAUX.

J E l'entends! c'est lui-même; ô fils de la jeunesse!
C'est le bruit du ruisseau qui plaît à ma tristesse.
J'entends de roc en roc tomber ses flots plaintifs,
Allons, mon guide, allons; conduis mes pas craintifs
Vers ce chêne superbe, et dont la voûte épaisse
Sur le courant de l'onde avec orgueil s'abaisse.
Sous son ombre, tu vois à l'envi s'unissant,
Trois pierres couronner le gazon jaunissant.
Là, dorment mes amis; ils dorment sans entendre
Ces flots tumultueux qui vont baigner leur cendre;
Et le courroux des vents, et le bruit de nos pas,
Dans ce lit de repos ne les troubleront pas.
Rappelle-toi, mon fils, rappelle en ta mémoire
Ces braves, de Morven, et la joie et la gloire;
De leur ombrage épais ces monts étaient couverts;
La tempête s'élève, et ces monts sont déserts.
La mort laisse par-tout l'empreinte de sa rage.
Ainsi fuit le soleil à l'aspect de l'orage;
Les braves ne sont plus, le torrent a passé,
Les chants de l'allégresse ont pour jamais cessé.

Solitaire habitant de ces palais célèbres ,
Le hibou les remplit de ses plaintes funèbres ;
Le daim foule à ses pieds le glaive des héros ,
Et broute le gazon qui recouvre leurs os.

   Des plus éloignés rivages ,
   L'étranger vient dans ces lieux ;
   Surpris de tant de ravages ,
   A peine il en croit ses yeux.
   Il parcourt, il examine
   Ces murs que l'herbe domine ,
   Ces palais inhabités ;
   Et leur vaste solitude ,
   D'une sombre inquiétude
   Frappe ses sens agités.

Mais le pâtre l'aborde, et d'une voix paisible ,
Les héros ne sont plus, dit le pâtre insensible.
Où sont, dit l'étranger, ces guerriers généreux ?
Qu'est devenu Fingal, l'appui des malheureux ?
Et Fingal et les siens sont rejoints à leurs pères ;
Non, ce n'est plus pour nous que sont les jours prospères.
La bise a, comme un pin, terrassé le puissant,
Et le faible, à son tour, s'élève florissant.
Vois, contemple, étranger , sur ces tristes collines ,
Ces tombeaux tout couverts et de mousse et d'épines ;
Là, gissent les héros, dans la poudre étendus.
C'en est fait de Morven ! Sur Morven descendus,
Le silence et la mort y tiennent leur empire.
Mais vous, dont la mémoire en dépit d'eux respire,

La harpe d'Ossian chantera vos exploits;
Et l'étranger peut-être écoutera sa voix.
Il s'arrête... il écoute; appuyé sur sa lance,
Son ame vers le barde avidement s'élance.
Ossian, de son front ne voit point la pâleur;
Mais ses fréquens soupirs lui portent sa douleur.
Il a su des héros la tragique aventure,
En sons entrecoupés bientôt il la murmure,
Il la dit en partant; de retour sur ses bords,
Il raconte aux ruisseaux que les héros sont morts.
Des bardes cependant, la jeunesse attentive,
Sur la harpe courbée, entend sa voix plaintive,
S'attendrit à son tour, et dans ses nobles vers,
Consacre à l'avenir leur gloire et leurs revers.
Voici de mes amis le dernier domicile;
Nous sommes parvenus à leur funèbre asile.
Où sont les monumens qui leur furent dressés?
O pierres! quels trésors vous ensevelissez !
Levez, pierres, levez vos têtes brunissantes ;
Surmontez ces gazons, ces ronces flétrissantes.
Dans leur sombre épaisseur, pourquoi vous cachez-vous?
Ah! montrez les héros, présentez-les à tous.
Vous souffrez que leurs noms soient couverts de ténèbres!
Et moi je vais au jour rendre ces noms célèbres.
Vous vivrez dans mes chants, ô vous mes compagnons!
L'on y verra briller la gloire de vos noms,
Long-temps, long-temps après que ces pierres détruites,
En un sable léger auront été réduites.
Souvent nos bras unis ont lancé le trépas;
Nous volions, nous semions la terreur sur nos pas;

Pareils à ces torrens qu'un même lit rassemble,
Tout ployait devant nous quand nous marchions ensemble.
Que vous étiez alors puissans et glorieux !
Que d'illustres exploits ont vu ces mêmes lieux !
O fils de la jeunesse ! écoute leur histoire ;
Et que ton ame aussi s'enflamme pour la gloire.

Gaul et Garno, si dignes de mes chants,
Furent long-temps la terreur de la plaine ;
De leurs travaux plus d'une rive est pleine ;
A leur nom seul pâlissaient les méchans.

Ces cœurs d'acier, ces guerriers indomptables,
Près de Moran accourent se ranger ;
Ils lui vouaient leurs glaives redoutables,
Et quel appui dans un pressant danger !

A Luïna tous deux ils abordèrent,
Dans son palais à peine ils sont admis ;
Des feux d'amour tous deux ils s'embrasèrent,
La belle Annis exaltait ces amis.

Aux accords enchanteurs de sa harpe sonore,
Annis a joint sa voix plus séduisante encore,
Et l'ame des heros s'attendrit à ses sons,
Comme sous l'œil du jour se fondent les glaçons.
La fille de Moran portait un cœur sensible,
Elle a reçu les vœux de ce couple invincible ;
Mais Gaul est préféré, Gaul a su l'émouvoir,
Et les beaux yeux d'Annis voudraient toujours le voir.

Elle veille, et sur lui ses regards se promènent ;
C'est lui, c'est toujours lui que ses songes amènent.
Le nom même de Gaul de sa bouche est sorti,
Et d'Innisluïna l'onde en a retenti.
Que Garno désormais quitte le soin de plaire !
Ce front où sont empreints l'orgueil et la colère,
Ces yeux étincelans où la timide Annïs
A cru voir les éclairs avec la foudre unis,
Ont excité sa crainte et non pas sa tendresse,
Et de son cœur enfin, Annis n'est plus maîtresse.
Nos héros cependant qu'indigne un vain loisir,
A la chasse adonnés, en goûtent le plaisir.
Les voilà s'élançant de bruyère en bruyère ;
La jeune Annis les suit, Annis vient par-derrière ;
Elle a caché ses traits sous l'habit étranger,
Et ses traits et son sexe, elle a su tout changer.
Elle veut effrayer par un message horrible,
Le guerrier que ses yeux ont trouvé si terrible ;
Et l'obligeant à fuir, s'affranchir sans retour
D'un amant odieux qui gêne son amour.
Le soleil atteignait au milieu de sa course,
Et ses feux, en torrens, jaillissaient de leur source ;
Les hôtes des forêts, vaincus par ses ardeurs,
Des plus sombres réduits cherchaient les profondeurs,
Garno sur le Caba suspend sa course agile,
Contre les traits du jour il choisit cet asile.
Son arc est détendu ; son fidèle Luchos
Auprès de lui couché, s'abandonne au repos ;
Mais le chasseur, des yeux, poursuit encor sa proie,
Du chevreuil et du cerf il épiait la voie ;

Soudain paraît Annis en son déguisement.
Que veux-tu ? d'où viens-tu, cria-t-il fièrement.

A N N I S , *en habit de guerrier.*

Je viens de Comora ; le maître de la plaine,
Duaran, près d'Annis sait que l'amour t'enchaîne.
Il accourt t'arracher la fille de Moran.
Fuis, Garno, cède Annis, ou combats Duaran.

G A R N O.

Qu'il vienne ! Moi, céder ! moi, le fils de la mer !
Non, non ; ce bras aussi sait manier le fer,
Et sa vigueur au moins égale son adresse.
Des braves de Morven, de toute sa jeunesse,
Gaul seul dans les combats, à ma droite est placé ;
Depuis le jour de gloire où Gaul a terrassé
Ce monstre des forêts, dont l'effroyable rage
Avait brisé ma lance et trompé mon courage.
Va, dis à Duaran que je crains peu ses coups ;
C'est à lui de céder, et de fuir mon courroux.

A N N I S.

Mais tu ne l'as point vu, ce guerrier formidable !
Au chêne des forêts sa taille est comparable.
Aussi prompt que la foudre, en nos bois serpentant,
Son glaive tonne, atteint, renverse au même instant ;
Fuis, te dis-je, ou tu meurs ; et tes armes brillantes
Vont joncher la bruyère, éparses et sanglantes.

GARNO.

Fuis toi-même, retourne, il est temps de marcher ;
Rapporte à Duaran que je vais le chercher.
Mes armes, Ferarma! mon bouclier, ma lance,
Et ma fidèle épée, appui de ma vaillance.
Pourquoi ces deux guerriers dans les airs apparus ?
Leurs glaives ont frappé l'azur de leurs écus,
Et de longs flots de sang de leurs robes jaillissent.
Maintenant comme amis, les fantômes s'unissent ;
Par des embrassemens leurs nœuds sont consacrés,
Le vent souffle et se glisse en leurs corps éthérés ;
Ils ont fui. Non, Garno n'aime point ce présage.
Et Garno cependant sans effroi l'envisage.
Mes armes, Ferarma! mes armes! je les veux.

La fille de Moran a vu tromper ses vœux.
L'indomptable Garno ne prendra point la fuite ;
Mais par sa bouche même Annis vient d'être instruite
Qu'à son amant, à Gaul, au milieu des combats,
Le terrible guerrier cède toujours le pas ;
Elle vole, elle atteint d'une course rapide,
A ces monts que parcourt le chasseur intrépide.
Gaul reposait alors sur sa lance appuyé,
Déjà contre un vieux cerf son bras s'est essayé ;
Et ses chiens fatigués, écumans, hors d'haleine,
Environnent leur proie et respirent à peine.
Gaul oubliait la chasse; un autre sentiment,
Un soin plus précieux occupait cet amant ;
Ses regards inquiets sont tournés tout-à-l'heure

Vers ces lieux où Moran a bâti sa demeure ;
Du souvenir d'Annis son cœur est agité,
Et sa voix en ces mots exalte sa beauté.

Elle est belle, mon amante,
Comme l'écharpe des cieux,
Et son teint brille à mes yeux
Comme la clarté naissante
Du jour le plus radieux.
Viens, Annis, sur la colline,
Viens étaler tes attraits,
Semblable au pin qui s'incline
Sous l'haleine d'un vent frais,
Et dont la voûte arrosée
De la céleste rosée,
Du soleil reçoit les traits.
Viens, Annis, que je t'y voie !
O que je puisse t'y voir !
Si tu comblais mon espoir,
Mon cœur bondirait de joie ;
Il bondirait plus léger
Que le faon devant sa mère.
Annis, tu sus m'engager,
Et tu m'es toujours plus chère.

Le messager l'aborde ; est-ce Gaul que j'entends ?
Ton Annis peut avoir des attraits éclatans ;
Mais songe à l'obtenir par la force des armes ;
Comme toi, Duaran est épris de ses charmes ;

Il t'appelle au combat, il s'avance en ces lieux ;
Cède, Gaul, cède Annis à son bras furieux.

G A U L.

Qui, moi ! céder Annis ! non, jamais à personne !
Va, j'invite ton chef au festin que j'ordonne ;
Aujourd'hui mon convive, il choisira demain,
Des coups de mon épée, ou des dons de ma main.

A N N I S.

Qu'importe à Duaran le festin qui s'apprête ?
C'est un combat qu'il veut, et non point une fête.
Il vient, et de ses pas j'entends déjà le bruit ;
Il vient comme un fantôme au milieu de la nuit.
Dans les cieux brunissans, son armure éclatante
Remplace du soleil la lumière inconstante.
Tout blanchit, tout reluit, sur les monts, dans les airs,
Et la clarté renaît au feu de ses éclairs.
Ecoute, écoute, au loin son bouclier résonne ;
Il annonce la mort, et son glaive la donne.

Gaul se couvre d'acier, Gaul entend ce signal ;
Impatient, terrible, il cherche son rival.
Il marche en fredonnant une chanson guerrière ;
Le héros se reporte en sa noble carrière,
De ses nombreux exploits l'aspect vient l'exciter,
Et plein de son Annis, il veut la mériter.
Des guerriers c'est ici que les pas se portèrent ;
C'est ici qu'en rivaux ces amis se heurtèrent.
Triste et fatal effet d'un aveugle courroux !

Chacun sur Duaran croit épuiser ses coups ;
Et cet ombrage épais, et la nuit descendue,
Achèvent d'égarer leur transport et leur vue.
Terrible fut leur choc, des glaives se froissant,
Terrible étoit le bruit au loin retentissant.
Tels deux torrens d'éclairs, pour annoncer l'orage,
S'élancent tout-à-coup des replis d'un nuage.
Du son des boucliers la montagne gémit ;
Tout tremble dans les bois, dans les bois tout frémit.
Le timide chevreuil se trouble dans son gîte ;
Il rêve le péril, et le péril l'agite ;
Le bruit croît, il tressaille ; et saisi de terreur,
Il est déjà pressé par la meute en fureur.
Les chasseurs ont paru, la force l'abandonne.
L'arc se tend, le trait part, et la mort l'environne.
Les guerriers se pressaient avec acharnement,
Et la victoire entre eux penchait également ;
Mais Garno frappe Gaul ; et tandis qu'il entr'ouvre
Le vaste bouclier dont son ami se couvre,
Sur ce fatal écu, sous l'effort de son bras,
Son glaive se rompt, siffle et s'échappe en éclats.
Soudain Garno s'élance, et tous deux se saisissent,
Ils se serrent tous deux, leurs bras nerveux s'unissent ;
Leurs corps entrelacés ne forment plus qu'un corps,
Et leur rage s'accroît ainsi que leurs efforts.
Tels luttent deux esprits dans le sein des tempêtes,
Les rochers devant eux ont incliné leurs têtes ;
De ces enfans de l'air ils ont craint la fureur,
Et les bois dépouillés ont tressailli d'horreur.
Ainsi les deux guerriers luttent de place en place,

La verdure autour d'eux se flétrit et s'efface.
Les rocs les plus épais sous leurs talons foulés,
Jusqu'en leurs fondemens gémissent ébranlés.
De sang et de sueur la terre au loin s'inonde,
De sang et de sueur, s'enfle et rougit cette onde.
Dans cette lutte horrible, ils consument la nuit,
A peine du matin le premier rayon luit,
L'aimable fils d'Ardan tombe sur la poussière,
Son énorme blessure apparaît toute entière ;
Son casque l'abandonne, et son visage est nu.
Garno voit son ami, Garno l'a reconnu ;
Pâle, interdit, sans voix, Garno ressemble au chêne,
Accablé par la foudre et penchant vers l'arène.
De sa propre blessure il perd le sentiment ;
Il ne voit plus son sang qui coule incessamment ;
Il tombe auprès de Gaul : Que la main soit bénie
Par qui ma destinée à la tienne est unie!
A mes vœux désormais rien ne s'opposera ;
O Gaul, près de ton corps, mon corps reposera !
Nos ames vont monter sur le même nuage ;
Oui, nos pères vers eux nous ouvrent un passage ;
Entourés dans leur vol, de mille autres esprits,
Je les vois s'incliner pour saluer leur fils.
Nous allons vous rejoindre, ombres chères, sacrées,
Bientôt nous habitons les plaines éthérées ;
Mais ne demandez point à vos tristes enfans,
Comment ils sont tombés au milieu de leurs ans.
De quoi vous servirait d'apprendre en votre gloire,
De leur fatale erreur la déplorable histoire ?
Sachez, sachez plutôt, qu'en braves ils sont morts,

Et que votre présence appaise leurs remords !
O nom de Duaran ! ô message funeste !
Pourquoi l'ai-je entendu ce nom que je déteste !
Aux accens de Garno, Gaul, d'un pénible effort
S'éveille, et déplorant son aveugle transport :
Pourquoi sur mon ami déployai-je ma rage ?
Pourquoi l'ai-je blessé ? Pourquoi, dans un message,
Moi-même ai-je entendu le nom de Duaran ?
O que n'est dans ces lieux la fille de Moran !
Annis, la belle Annis, pour élever ma tombe !
Ombres de mes aïeux ! ... Gaul s'écrie et succombe ;
Sa défaillante voix se perd en sons confus ;
La nuit couvre ses yeux, et le héros n'est plus.
Annis accourt, tremblante, égarée, incertaine ;
A peine elle respire, elle s'exprime à peine.
Pourquoi loin de ces lieux Garno n'a-t-il point fui ?
Pourquoi Gaul, sous ses coups, tombe-t-il aujourd'hui ?
Pourquoi de Duaran, ma bouche criminelle
Fit-elle ouir le nom à ce couple fidelle ?
O malheureuse Annis ! l'arc glisse de sa main,
Son bouclier s'échappe et tombe de son sein.
Garno la voit, Garno frémit à sa présence,
Il détourne les yeux et s'endort en silence.
Cependant Annis vole au corps de son amant ;
Elle presse en ses bras ce corps pâle et sanglant ;
Plaintive, gémissante, y demeure attachée,
Et dans son désespoir craint d'en être arrachée.
Le soleil dans son cours fut témoin de ses pleurs ;
Le soleil, en fuyant, voit encor ses douleurs.
Ses cris et ses sanglots dans l'ombre se confondent,

A ses gémissemens les rochers seuls répondent.
La mort, au second jour, se répand sur ses yeux ;
Elle vient les fermer à la clarté des cieux ,
Comme au chasseur couché sur le roc solitaire ,
Les ferme du sommeil la vapeur salutaire.
Pendant deux jours entiers, jours de trouble et d'ennui ,
L'infortuné Moran , privé de son appui ,
Chercha lui-même Annis à travers les bruyères ;
Ce père malheureux, pendant deux nuits entières ,
Occupé de sa fille , et plein de son danger ,
Veilla, prêta l'oreille au bruit le plus léger.
Donnez , dit le vieillard à la troisième aurore ,
Donnez-moi mon bâton , je veux chercher encore.
Annis ne paraît point, mon Annis ne vient pas ;
C'en est fait, au désert je veux porter mes pas.
Il marche, un dogue noir en hurlant l'accompagne ,
Un fantôme brillant penché vers la campagne ,
A ses regards surpris dévoile ses attraits ,
Et le vieillard sanglote en contemplant ses traits.
O Moran ! je te laisse ; ô Moran ! quel courage
Soutiendrait de ton deuil la déchirante image !
C'est ici que tous trois, par nos mains recueillis ,
Ils furent par nos mains tous trois ensevelis.
Ici sur les tombeaux que nous leur élevâmes ,
O fils de la jeunesse, à l'envi nous pleurâmes ,
Et les bardes en deuil mariant leurs accords ,
Entonnèrent cet hymne à la gloire des morts.

Couvert de sa brillante armure ,
Quel est le guerrier menaçant

'Qui, de cette colline obscure,
  A pas précipités descend ?
Quel est celui qui, dans la plaine,
Se déploie avec tant d'orgueil,
Qui sème l'horreur et le deuil
Par-tout où son bras se promène ?
C'est Garno, ce courage altier,
Des lances le chef invincible ;
  Et quel autre que ce guerrier,
  Quel autre aurait ce front terrible ?
Les braves, les héros par lui sont abattus,
Et sa force est égale aux torrens épandus.
Mais quel est celui-là qui vole à sa rencontre ?
Il sourit au péril à ses côtés errant,
Ainsi que le soleil dont la clarté se montre
A travers un nuage humide et transparent.
  Ecoute, sa voix ressemble
  Au mugissement des flots,
  Quand pour troubler leur repos,
  Les vents conspirent ensemble ;
  Et sa marche reproduit
  Le bruit, l'effroyable bruit
  Des rocs tombans des montagnes,
  Lorsque de longs tremblemens
  Renversant leurs fondemens,
  Ils roulent dans les campagnes.
C'est Gaul, au doux regard, c'est Gaul aux blonds cheveux,
Ce chef sur tous les cœurs exerce sa puissance ;
Le digne fils d'Ardan appelle tous les vœux,
Il fait aimer ensemble, et craindre sa présence.

Ah ! pourquoi de Duaran,
Le nom s'est-il fait entendre ?
De la fille de Moran
Pourquoi le cœur fut-il tendre ?
Pourquoi deux héros amis
Ont-ils combattu dans l'ombre ?
Vous avez combattu comme sous un ciel sombre,
Luttent deux esprits ennemis.
Vous avez ployé la tête,
Vous êtes tombés tous deux,
Comme ces chênes fameux
Renversés par la tempête.
Le voyageur dans la nuit,
A vu leurs cîmes hautaines.
Beaux arbres, rois de ces plaines,
Dit le voyageur séduit,
O que j'aime votre ombrage !
Et ce front majestueux,
Et ce mobile feuillage,
Dont ces flots impétueux,
Dans leur sein portent l'image !
Le voyageur repasse aux premiers feux du jour,
Et ces arbres charmans, l'objet de son amour,
Sous leurs troncs abattus couvrent déjà l'arène ;
Il voit de leurs débris, les champs au loin jonchés ;
Il voit ces longs rameaux de leur tige arrachés,
Flotter dans le torrent dont l'onde les entraîne.
A ce spectacle horrible, il sent couler ses pleurs ;
Chacun de nous, dit-il, à la tempête en butte,
Un jour imitera ces arbres dans leur chute,

Et tombera comme eux, jouet de ses fureurs.
>Tous deux vaincus par l'orage,
>Vous voilà tous deux gissans,
>Vous, naguères florissans,
>Vous, guerriers pleins de courage!
>Toi, jeune et charmante Annis,
>Voilà ta beauté livide!
>Et de tant d'attraits unis,
>S'empare la tombe avide.

O filles de Morven! que ce jour malheureux
>Soit marqué par votre tristesse!
>Que ce jour à jamais affreux,
>Soit dans Luïna, soit sans cesse
>Un jour de larmes et de deuil!
Que jamais dans ce jour, non jamais la jeunesse,
>Ne lance le chevreuil!
>Toi, Garno, vainqueur indomptable,
>Et toi, Gaul, aimable héros,
Et toi, sensible Annis, amante misérable,
Soit qu'avec vos aïeux vous goûtiez le repos
>De leur asile impénétrable,
>Soit que tous les trois vous montiez
>Sur les silencieux nuages,
>Ou qu'en votre cours vous suiviez
>Le cours rapide des orages,
>Soit qu'ensemble vous fréquentiez,
>De Luïna les verts bocages,
>Soit enfin que vous visitiez,
>De Morven les cimes obscures,

Oubliez, amans, oubliez
Vos déplorables aventures,
Et votre amour et vos blessures
Par vos repentirs expiés.
Ecoutez avec joie, écoutez sans mélange,
L'hymne à votre louange.
Tant que les harpes dureront,
Les harpes vous célébreront;
Votre mémoire triomphante,
Vos noms par elle renaîtront;
Les bardes vous consacreront
Jusqu'aux derniers accens de leur voix expirante.

Des bardes affligés tels furent les concerts,
Et ma douleur s'exhale en ces lugubres airs;
J'aime à les répéter lorsque le temps ramène
Le jour, le triste jour consacré par ma peine,
Si fatal aux héros, si funeste aux amans,
Mon cœur est toujours plein de ses événemens.
Je l'entends, c'est lui-même; ô fils de la jeunesse!
C'est le bruit du ruisseau qui plaît à ma tristesse;
Reconduis-moi, partons; mais en quittant ces bords,
Garde le souvenir de nos illustres morts.

I N.

www.ingramcontent.com/pod-product-compliance
Lightning Source LLC
LaVergne TN
LVHW021656170726
843501LV00007B/2601

9 782329 645100